Catharina Valckx

Les beaux jours de Socquette et Bouldepoil

Illustrations de l'auteur

Mouche
l'école des loisirs
11, rue de Sèvres, Paris 6ᵉ

© 2008, l'école des loisirs, Paris
Loi n° 49.956 du 16 juillet 1949 sur les publications
destinées à la jeunesse : mars 2008
Dépôt légal : mars 2008
Imprimé en France par l'imprimerie Mame à Tours

ISBN 978-2-211-09129-9

Du même auteur à *l'école des loisirs*

Collection MOUCHE

Le rêve de Socquette

– C'est quoi, ton rêve le plus cher? demande Bouldepoil à son amie Socquette.

– Mon rêve… répond Socquette, c'est de grimper tout en haut d'un arbre. C'était déjà mon rêve quand j'étais une petite chaussette.

— Eh bien, ce n'est pas compliqué, dit Bouldepoil, il y a un arbre, juste là.

— Pas compliqué ? Tu as déjà vu une chaussette grimper en haut d'un arbre ? Et je parie que toi non plus, Bouldepoil, tu ne sais pas grimper aux arbres.

— C'est vrai, avoue Bouldepoil.

Il réfléchit.

— Il faudrait trouver un singe, pour te porter. Les singes, ça grimpe très bien aux arbres.

— Est-ce que tu ne vois pas un singe,
là, justement? demande Bouldepoil.

— Mais non, soupire Socquette, c'est une petite fille. Tu ne vois pas clair, ma parole. Tu as des poils devant les yeux?

– Bonjour, petite fille. Tu n'aurais pas vu un singe, par ici? demande Bouldepoil.

– Non, répond la petite fille, mais j'ai vu un chat.

– Ah! s'exclame Bouldepoil, les chats aussi, ça grimpe aux arbres! Il pourra te porter, Socquette. Où est-il, ce chat?

– Par là, indique la petite fille.

Socquette et Bouldepoil vont par là.

Ils rencontrent un gros caillou.

– Bonjour, gros caillou. Tu n'aurais pas vu un chat, par ici ? demande Bouldepoil.

– Non, dit le gros caillou. Par contre, j'ai vu un singe.

– Un singe ! Mais c'est ce qu'on cherche !

– Je croyais que vous cherchiez un chat, grogne le caillou. Il faudrait savoir.

– On cherche un chat, mais un singe fera aussi très bien l'affaire.

— Tu vois un singe, toi ? demande
Socquette.

— Où ça ?

— Ben, près de l'arbre.

— On dirait plutôt un chat.

— Bonjour, le chat, dit Bouldepoil.

— 'Jour, répond le chat.

— On voudrait te demander un service. Est-ce que tu voudrais bien porter Socquette en haut de l'arbre ? C'est son rêve depuis toujours.

— Je veux bien, si ça lui fait plaisir, répond le chat, sympathique.

— Accroche-toi, dit le chat. Et essaie de ne pas trop gigoter.

— Oh là là ! rigole Socquette. Quelle aventure !

— Voilà, dit le chat, tout en haut de l'arbre. Tu es contente ?

— Très. Merci infiniment.

— Alors je te laisse. Je redescends.

— Attends ! l'arrête Socquette. Est-ce que tu veux bien monter aussi mon ami Bouldepoil ? Ce serait vraiment trop gentil de ta part.

— Je vais le chercher, dit le chat, décidément sympathique.

Le chat descend, puis remonte avec Bouldepoil.

Fatigué de toute cette escalade, il s'assoit lui aussi sur la branche pour se reposer.

— Qu'est-ce qu'on voit loin ! s'écrie Socquette, enchantée. Je vois l'Allemagne et la Chine !

— Et le Maroc ! s'exclame Bouldepoil. Et… c'est quoi, ce pays tout vert, là ?

— C'est le terrain de foot, dit le chat.

– Ah, comme on est bien, dit Socquette, émue. Tu sais, mon vieux Bouldepoil, je crois que c'est le plus beau jour de ma vie.

Le rêve de Bouldepoil

— Maintenant c'est à ton tour, Boulde-poil, dit Socquette. C'est quoi, ton rêve le plus cher ?

Bouldepoil n'hésite pas :

— Mon rêve, c'est voyager.

— Ah. Et tu veux aller où ?

— Je ne sais pas. Je n'y connais pas grand-chose, en voyages.

— Moi non plus, dit Socquette. Tu sais ce qu'on va faire ? On va se renseigner.

— Tiens, voilà le gros caillou. Allons lui demander.

— Gros caillou, si tu pouvais voyager, où est-ce que tu irais ?

— Hum… Question difficile, répond le gros caillou. Je pense que j'irais… j'irais à Plum-Boudou.

Il paraît que c'est très beau.

– Ah oui ? Et c'est où, Plum-Boudou ?

– C'est par là, dit le gros caillou. Derrière le petit bois.

Socquette et Bouldepoil se rendent derrière le petit bois.

– Regarde la drôle de porte, là, dit Socquette.

– Bizarre… allons frapper, dit Bouldepoil. De toute façon il n'y a rien d'autre ici.

Un grand lapin maigre ouvre la porte.

– Bonjour, dit Socquette, nous cherchons Plum-Boudou. C'est ici peut-être ?

– Non, répond le grand lapin maigre avec un sourire. Ici, c'est chez moi. Mais je vais vous y accompagner.

Le grand lapin maigre s'élance sur la route, Socquette et Bouldepoil sur ses talons.

Bientôt ils arrivent au bord de la mer.

— Vous voyez l'île, là ? C'est l'île de Plum-Boudou.

— Parce que c'est une île ? s'étonnent Socquette et Bouldepoil. Comment on va faire pour y aller ?

    — Pas de problème, dit le grand lapin maigre, je vais vous porter.

    — Quelle chance nous avons de t'avoir rencontré ! s'écrie Bouldepoil.

– C'est vrai que c'est assez joli, dit Socquette. Si on aime la caillasse.

Ils remercient mille fois le grand lapin maigre qui retourne chez lui.

— Qu'est-ce qu'on fait, maintenant qu'on est ici ? demande Socquette.

— Je propose un petit bain de soleil, dit Bouldepoil.

— Bonne idée. Mettons-nous là, sur cette pierre plate.

À peine Bouldepoil et Socquette sont-ils installés qu'un petit nuage vient se placer juste devant le soleil.

— Ah non ! lui crie Bouldepoil, tu ne vas pas rester là ! Tu vois bien qu'on prend un bain de soleil, non ?

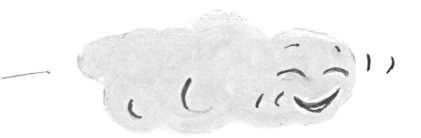

– C'était une blague, rigole le petit nuage qui poursuit son chemin.

– Très drôle, grince Socquette.

Bouldepoil regarde le nuage s'éloigner quand, tout à coup, il est saisi de panique.

– Socquette, balbutie-t-il, comment
on va faire pour rentrer ?

– C'est vrai, ça, dit Socquette. C'est malin. Avec tes idées de voyage, maintenant on va rester toute notre vie sur Plum-Boudou !

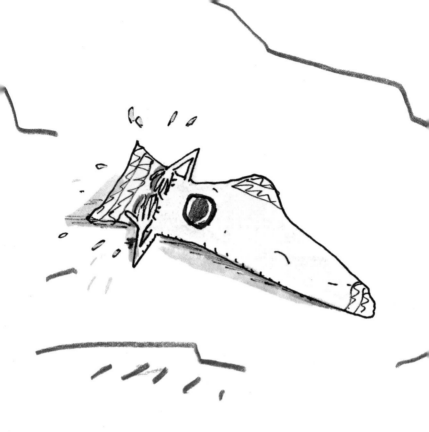

Bouldepoil retient mal ses larmes.

– Toute la vie sur cette caillasse !
gémit Socquette. Tu imagines ? Hou
hou ou…

– Socquette! s'écrie soudain Bouldepoil, stupéfait. C'est incroyable, la mer
s'en va! On va pouvoir rentrer!

– La mer s'est retirée pour nous sauver, dit Boulepoil, bouleversé. C'est un miracle !

– N'importe quoi, réplique un crabe qui passe par là. C'est pas un miracle, c'est marée basse.

Et le crabe disparaît sous une touffe d'algues en ronchonnant que décidément, ces touristes, il faut tout leur expliquer.

— Alors, ce voyage ? demande le gros caillou.

— C'était formidable, raconte Boul-depoil. Si tu savais comme c'est bien, Plum-Boudou… Tu aurais adoré. Est-ce que tu trouves que j'ai bronzé ?

— C'est bien possible, dit le gros caillou.

La cerise sur le gâteau

Socquette et Bouldepoil mangent des petits fours en repensant à leurs beaux jours.

— C'est dommage qu'on n'ait pas ramené des algues en souvenir de notre voyage, dit Bouldepoil. On les aurait mises à sécher sur toi, gros caillou.

— C'est ça, merci, grogne le gros caillou.

— Tiens, voilà le chat, dit Socquette. Tu vas bien depuis l'autre jour ? Tu aimes les petits fours ?

— J'adore, répond le chat.

– Pom tom tidom pom pom... chantonne le gros caillou.